詩集

文脈に立つ短剣符《ダガー》

柴崎聰

土曜美術社出版販売

かくて世界は朝ごとに、赦されて、あらたに創りださるべし
――御身のうちに、御身によりて。

ダグ・ハマーショルド

詩集　文脈に立つ短剣符《ダガー》＊目次

I

I

貴腐ワイン

はるか昔　預言者イザヤは高らかに伝えている
葡萄の房に果汁を見出したなら
それを腐らせてはならない
そこにこそ祝福があるのだから

得心した末に思う
腐らせることにも祝福がある
貴腐ワインを見よ
高貴な腐敗とは　言葉の矛盾ではないか

未熟な黴《かび》が葡萄の果皮に繁殖し
その臘質を溶かし　余分な水分を蒸発させ
萎縮して皺だらけになった葡萄は
貴賤の境を往来して　糖分を濃縮する

雌伏の試練を待ちかねるように
酵母を酷使して発酵した葡萄は
見る見るその身を黄金色《こがねいろ》に澄み渡らせ
香りを高揚させ　濃淡のある味を滑らかにする

腐敗の賤《せん》を経て実りの貴《き》に至るその道のりは
外見の美醜を軽々と超えることで
半乾きの果実の選別にこそ
おのれの覚悟と馥郁とした祝福を連れ立たせるのである

パントマイム

舞台はおもむろに暗転して
闇の中で　誰かがうごめく気配
照明がつき　眩しさの中で
小屋に集う衆生《しゅじょう》は多少とまどい

唸《うな》ることや舌打ちや咳き込み
荒い息遣いまでなら
辛うじて許されるが
終始　無言が貫かれ

言葉ではなく
手ぶり身ぶりで
壁が仕立てられ
風雨がこしらえられ
物品が薄墨色に染められる

演者と観客の善意の暗闘が繰り広げられ
虚構は双方で織り込み済み
それこそが変幻自在の原動力
磨きに磨いた演技は
唾《つばき》のようにたまってくる呻《うめ》きに触発され
無言劇は万物を素手と素足で創造し
森羅万象を銀色に化粧する

埋め木

ケヤキの太い梁をかつぐ古民家は
由緒来歴に向かって朽ち果てていくのではなくて
光に向かって陰影を耕してきたようだ

古木の持つ裏事情に促されたためでもなく
節穴や枘穴《ほぞあな》を補うためでもなく
無闇に躍起となっていたわけでもなく

時節の切々たる要請によって

それぞれの凹《へこ》みは　埋め戻されなければならない
その声を遠くに聞くまで　百年の月日を耐えたのだから

誰かとの密約があったわけでもない
長い形骸をいたずらに晒していたわけでもない
古来伝えられてきた匠《たくみ》の技はカツラを埋め木に選んだ

埋め木はその遺志を継いで
ケヤキの不自由な凹みの中で静かにおのれを鍛え続けた
かつて心臓の形をして華やいでいた若葉を偲んで

ケヤキとカツラのぎくしゃくなど何するものぞ
意趣返しを超えた寄せ木細工の誇りを
余すところなく晒し　埋め木は全身全霊で補い続けた

危険信号

紅茶色　焙《ほう》じ茶色
鮮やかにくすんだワインレッド　穏やかに高貴を湛《たた》えたロゼ
緑茶色　やがては透明無色へ

朝昼晩と目まぐるしく
健康の指標の色が移ろってゆく

医者は今　目をこらしてＣＴ画像を見ている

――腎臓に一ミリほどの石が三個あって　その一つが動いています

それが悪さをしているのでしょう

試みの石は狭い範囲を自在に動いているらしく
壁にはばまれて　ほんの少し　それを傷つけ
心なしか　自身も傷つけられ
そうかと言って　丸くなる怯《ひる》みもなく

結果　色の濃淡を体外に放出し
その美醜をまざまざと披露して見せ
杜撰《ずさん》なカラーチャートを気分次第で置き換え
当の本人はその露悪趣味に疲れ果てている

用を足すたびに放たれる危険信号を虹色に乱して
人と和解しようとするお前はいったい何者なのだ

証言

その物件は　俯瞰すると楕円形をしていて
橙色の亀の甲羅を持っています
背中か腹部かはっきりしない部位に
あばら骨のような凹凸があります
就寝中　おそらく悪意のない軽めの足蹴《あしげ》を受け
前後の位置を反転することもありますが
取水口のような突起のついているほうが
腹部なのでしょうか　ならば
その物件の天地が逆転して

驚天動地の腹這いになることすら多々あります
足で蹴られても予測不能な足の動きに従っても
垂直ではなく水平からの圧力ですから
身分にまつわる上下関係は一切生じません
その物件は　動かすことも持ち歩きもできますから
不動産ではなく動産です
売買に抵当は必要ありません
その物件自身が湯冷めに堪える担保ですから
敷布団と掛布団の谷あいで
誰かの身代わりになって
熱湯を無理無体の外形に押しとどめ
窒息しそうになりながらも
日替わりで晴れの舞台を交代します
——直接肌を接してはならない

きびきびとした伝令がわたしの五体へと飛びます
低温やけどをする恐れがあるからです
それでもほのぼのとした存在に
物件の栄枯盛衰を見ることは
その物件の所有権者であるこのわたしの切なる思いです
陰の存在への証言に興冷めの懸念は微塵もありません

堤隠さず

梅雨前線が東西に伸び
その地方に停滞して居座った
それを線状降水帯と言うそうだ

南と東から合流する川筋
その地点を逢引きになぞらえて落合と呼ぶが
現場はそんなのどかなものではなくなった

かつてそこは縦横無尽　下剋上の暴れ川になって

しばしば洪水を引き起こしている
特に南下する逆T字に合流するには不自然があった

土地の人々は代々南の土堤に気を使った
麻袋に土の塵を押し込めて大量の土嚢を作り
南岸を石垣のように固めたつもりだった

麻は土になじみ　いつしか溶けた
川岸の土塊《つちくれ》と土嚢に盛られた土砂は
よそもの同士のためになじめず　齟齬を生じた

堤の出自を隠してはいけない
先人の知恵と苦闘が織り込まれた土嚢は
夏草に紛れず堤隠さず後世に引き継がれた

風

窓

炎熱の煉獄を過ぎてわたしは
陰府《よみ》のように逼塞《ひっそく》した家のただ中に戻り
わずかな標高差を気にするようにひっそりと二階にのぼる

北側の窓を開ける
東側の窓を開ける
最後に南側の窓を開ける

息を狭《せば》めて五感を研ぎ澄ますと

申し訳ほどの風の流れに
かすかな冷気が湧き起こる

束の間　幸福感が呼び覚まされ
わたし自身が雰囲気になる
何かの気配に配慮されたかのような

わたしは誰かに招かれている
気温の傾斜は悪びれずに
確実にわたしの内にもある

しばしの風の流れに
わたしの五感はどれほどの深呼吸をし
静まって養生したことだろう

耳　同調圧力

1

医師の問診を受け　わたしは一年前から始まった耳の異状を告げた
――飛行機を降りたときに感じる
耳の中がもわーっとする　あの感じです
祈りの姿勢になって深々と頭を下げると
症状が一時的に解消されます
就寝中はまったく症状は起こりません
看護師によって両耳の聴力検査が行われ　再度　医師の問診を受けた

医師は「耳管《じかん》開放症」という病名をためらわずに告げた
わたしは医師に漢字を確かめた　解放ではなく開放ですか
医師は耳の模式図を示して　丹念に説明してくれた
耳管は鼻咽喉と中耳喉をつなぐ管で
大気と中耳喉の圧力調整を行っている器官だそうだ
声帯を発した音声は
通常　いったん口から放出され
その後　他者や自分の耳に届けられる
開いた耳管を素通りしてしゃしゃり出て来た声を
外耳を通さずに中耳が先んじて聞いてしまうと
おのれの音声が異常に強く歪《ひず》んで聞こえる
とりわけ呼吸音が厄介だ
静穏であるべき内省の声と呼吸音の　なんと騒々しいことか
医師は尋ねた

――最近　痩せませんでしたか

――そう言えば一年前　発作性心房細動で二週間入院し
　四キロも痩せました

――そうでしょう　頭を前に傾けたり　指で喉を絞めつけると
鬱血状態が起き　耳管が狭《せば》まって症状が改善することがあります

それに加えて医師は意外なことを言った

――もっと太ってください

――病後は後遺症で痩せましたが　今は体重を抑えたまま
　体力も徐々に回復しています　太りたくありません

――そうでしょうね　そのうちすべてに慣れますよ

医師はそう言って　今日一日だけの診察を終えた

「同調圧力」という言葉が浮かんできた
新型コロナウイルス感染拡大を防ぐための
自粛という美名を授けられた周囲からの柔らかな圧力のことだ

自分の一つ体で起こっていることの　遠い隠喩《メタファー》になるだろうか
病名を告げられてわたしは開放感というより解放感を味わい
素裸の自転車に乗って帰路についた

2

夜来の雨が止んだ
東側の細長い窓を半分開けて
清新な空気を取り入れた
右や左に反転しても
わたしの呼吸は円滑だ
息苦しさはない
久石譲《ひさいしじょう》の映画音楽を聴いた

爽やかな旋律がわたしを穏やかにした
自分の呼吸音は微かだ
至福の時とはこの短い時間を言うのだろう
同調圧力もなく
ただ無欲に投げ出された自分だけが
寝室の真っ白い天井を見て仰臥している

冠動脈ステント治療*

1　同伴

秋晴れの日の午後、わたしは看護師に伴われ、チューブに繋がれた点滴スタンドを転がしながら、治療室に向かった。治療室は緊迫感に満ちていた、とおそらくわたしだけが思い込んでいた。その思い込みはわたしの隠し所から生じたものだったのだろう。すでに尿意を催していたからだ。医師に促されて、わたしは治療台にのぼった。

頼み込んでおいたとおり、女性の「失礼します」という声に続けて、わたしの陰部がまさぐられ、尿瓶《しびん》へと誘《いざな》われた。羞恥心はまったく起きず、不可思議な無感覚がわたしを支配していた。

2　仰臥

カテーテル挿入の施術式は、わたしが望んでいた太ももの付け根からではなく、左手首から挿入されることになり、全身麻酔ではなく、局所麻酔になった。全身麻酔ならば、目を覚ました時には、すでに治療は済んでおり、施術の引き起こす痛さや苦しさやもどかしさは経験しなくとも済む。

それでも痩せ我慢のためか、わたしは「施術を受ける本人がルポライターになって、逐一報告するルポルタージュ詩を書けなくなる。残念だ」と周囲にそれとなく吹聴していたのだ。主治医からは、「痛くありませんか」「苦しくありませんか」という質問が届き、「息を大きく吸って、息をとめて、はい、普通にして」という指示が飛んできた。

左掌は天に向けられ、動かさないように促された。それから一時間半、絶対安静に仰臥していなければならない。顔は動かせないので、目だけを上下左右に動かして情報を収集した。聴覚は全開だが、視界は限られている。折角の機会だから、しっかりとこの貴重な体験を記憶しよう、そう思うと、気が大分楽になった。

3　終了

治療が終了して、心身共に緊張が解けたはずだったが、左手首の緊縛だけは激しくなった。止血するためだった。二時間おきに、緊縛の度合いは減らされて行ったが、六時間経《た》ってそれもすっかり解けた。

翌日、左腕の奥底に棒状の何ものかが取り残されている。痛みの直前で置き去りにされた何ものか。痺《しび》れによく似た、痛みにまでは至り着けない気がかりと手がかりのような感覚。

4　余韻

一週間が過ぎた。カテーテルの挿入口の傷に薄いかさぶたができて、治癒しようとしていた。にもかかわらず、左腕の奥底に何ものかが残存している。痛みにならずに、それはいつまでも滞留している。治療の存念とも言うべき、余韻。忘却を許すまいという決意。痛みが続く限り、生死と向き合う使命が想起される。痺《しび》れ、脱力感。血管の内壁に、記憶と記録の傷が集中して取り残されている。

＊　ステントとは、人体の管状の部分を管腔内部から広げる医療機器のことで、金属でできた網目の筒状。イギリスの歯科医チャールズ・ステントの名前に由来する。

末期の水

その日　死に瀕して意識は朦朧としているのか
意識は明晰でありながら　話す能力が奪われているのか
当たり前のことだが分からない

素焼きの水差しから飲まされるのか
透明な吸い口から流し込まれるのか
脱脂綿に含ませたお湿りの恩恵に与《あずか》るのか

末期の水こそ　生死を分ける水だと実感したとしても

それを周囲に伝える修辞と時間がもはや残されていない
甘いのか辛いのか酸っぱいのかさえ

願わくは　末期の水は速やかに
喉越しをたゆたい　飲食の正道を流れ下り
水落ちを経て胃の腑に届いてほしいものだ

二度と味わうことのできないその滋味に感嘆し
意固地や苦痛に歪んだ顔ではなく
大樹の陰に憩い　微風にそよぐ表情を一瞬持て余し

決して人に品定めされることなく
内心忸怩《じくじ》たる外聞を保ちながら
落胆のあとの甦りが同伴する漂泊の旅人のようでありたい

パリは燃えているか

――パリは燃えているか

一本の電話がドイツ軍のパリ指令本部に入った
苛立ちを隠せない居丈高な男の狂気が異臭を放った
電話口の向こうで　手を執拗に洗う気配がしていた

――わが闘争に放火の罪はない

罪業のすべての痕跡を一切残さず焼き尽くせ

この世の史実からわが闘争の爪痕を抹殺せよ
そばにかしずいていると思われる女の忍び笑いが聞こえた

――パンは焼けているか

対岸の火事よりも身内の火傷《やけど》のほうが痛い
パンには葡萄酒が添えられ　葡萄酒には肉が付きものだ
まるで最後の晩餐のようではないか

――パリは燃えているか

悶々としていたレジスタンスの闘志が不審火のように蜂起した
真っ赤な裏切りはどちら側にもあった　ベルリンにもパリにも
虚構の炎は　その内側に理不尽な怒りを溜め込んだ

――政府御用達の美術館は病んでいるか

気高い美術品は幻の放火によって灰燼に帰した
電話線でつながった双方に　異なった安堵の溜息が漏れた
占領と隷属の重荷は彼我を問わず静まった

――パリは燃えているか

腹心と思しき将軍に荒々しく打ち捨てられた無機質の受話器から
男の甲高い声が何度か繰り返されたが
荒れ野のいたるところに復活の歓声が沸き起こっていた

付記　映画「パリは燃えているか」（ルネ・クレマン監督、アメリカ・フランス合作映画、一九六六年）の映像を私は長く記憶深くに留めてきたが、近年になって加古隆作曲「パリは燃えているか」（ＮＨＫ「映像の世紀」のテーマ音楽）を聴く機会に恵まれ、この詩を書くことができた。その後、映画の原作になったラリー・コリンズ、ドミニク・ラピエール著、志摩隆訳『パリは燃えているか』（新版、早川書房、二〇一二年）を精読して、私の記憶と原作の細部では違っていることを確認したが、詩は詩のままにした。

青葉山秋景

1

喜寿に達した彼がやむなく入院したのは、胃カメラ検診で食道に初期の癌が見つかったからだ。高齢とは言っても登山で鍛えあげた心と体にはいささかの自信があった。

足を踏み外して稜線から滑落していくような、それでいて雲をめぐるような浮遊感も覚えた。翌日が手術だった。内視鏡的食道・胃粘膜下層剥離術が綿密に施されるはずだ。医者の説明は丁寧になされたが、それで彼自身のすべてが安堵したわけではなかった。

2

病院が建つ河岸段丘のこちら側から
広瀬川をはさんで向こう側に
蕃山《ばんざん》　青葉山《やま》　青葉城天守台　大年《だいねん》寺《じ》山《やま》が見える

春爛漫の華やぎをとうに過ぎ　蟬が鳴きしきる喧噪の夏を通り抜け
紅《くれない》を際立たせる葉漏れ日[*1]の光をささやかな幸福に受け止め直し
「日の名残り[*2]」を身内に二つながら実感していた小春日和——

彼は無事手術を終えた　終始　内外に
柔らかい強気を装ってはいたが　不安がなかったわけではない
それを告知するように胸の中央に違和感がいまだに残っていた

ベッドから見える秋景色に「見納め」という言葉が
切ないほどの思いを伴ってふっと浮かんできた
生き残ったという喜びの証しを二枚の画用紙に収めてみようか

彼は穏やかによみがえった証人として立つ決意をした
広瀬川付近にはまったく彩色されない余白の川が流れていた
せせらぎの音は聞こえてこないが　気色ばむ必要は一抹もない

彼の水彩画は隙間なく描き込まれることを嫌った
幻の完成はとこしえにやってこない　喧噪を締め切って
余白の地力をいやというほど知ったばかりだったからだ

＊1　木漏れ日ではなく、葉そのものを透かして見える陽光のこと。

＊2　カズオ・イシグロ著『日の名残り』に由来する。

藤の花

1

文禄二年（一五九三年）、豊臣秀吉の命により朝鮮半島に派遣されていた日本軍は、兵糧の欠乏のためにやむなく和議を受け容れ、休戦に応じた。

仙台藩主の伊達政宗は、おのれの極小の兵力を取り繕うために派手に着飾って出兵していたが、朝鮮を後にするにあたって、戦場《いくさば》に置き去りにされていた藤の花の一株を手土産にして、仙台に帰還した。

仙台の子平町《しへいまち》にある伊達藩御大工棟梁の千田《ちだ》家に、その藤の一株が下

賜された。それから四百数十年、その私邸の庭で藤の花は毎年薄紫の花
を咲かせている。

2

藤棚の真下には　ギボウシ　ツツジ　シャガ
三尺を優に超える卵状の花房は
色合いを整えながら絢爛豪華に流れ下り
音もなく　香りそのものに集中して
楕円形の尖端で甘やかに気品を踏みとどめる

頭蓋を思わせる兜を仰向けにすると
それは手ごろな鉢植えに変容し

一株の樹勢は未熟だが　半島の手強さを身に帯びる
その根元に無残にもきりぎりすがいたかどうかは
史書にすらいささかも残されていない*

紫の蝶の一群
クマンバチの唸り
兜はすでに不要不急
野望を手控えて
丸い兜の中に苗木を孕《はら》み

彼我の国の憎悪と和解を軽々と踏み越えて
藤は土地土地の作法を謙虚に引き継ぎ
真澄の空に照り映えるここ仙台の庭園は
奇しくも北緯三十八度付近

藤の花は懸崖を目指し　敗色をなだめようともしない

＊　元禄二年（一六八九年）、俳聖・松尾芭蕉が多太《たた》神社（現・石川県小松市）において斎藤実盛の兜を見て作ったとされる俳句「むざんやな甲の下のきりぎりす」に因む。きりぎりすは、現在のこおろぎのこと。この句は『おくのほそ道』に書き記されている。

そして原《はら》の城《じょう》へ*1

権力から撃ち込まれる砲弾と陰湿な策謀に堪え
凍てつく段々畠を挟んで足かけ二年
重税にあえぎ背水の陣を敷く農民たち
敵味方の隔たりにおののく静謐のひと時が訪れている

雨上がりの月夜に平城《ひらじろ》の本丸を志し
甲冑手甲脚絆を身に着けてはいるものの
大軍には背を向け　刀剣を捨てて
凍土から立ち上がるひとりの敗残兵がいる

驕《おご》り高ぶりの結界が狭《せば》まり　何者かから
一声かけられ　一吹き施されて
水仙のように気高い命がよみがえりかけるが
一兵卒の両眼はがらんどうで　時にもがり笛を鳴らす

陰府《よみ》が男のずん胴でしぶとく繰り返され
彼我に仲立とうとする兵のまなざしには
諦めとも憎しみとも怒りともつかぬ
そのうえ口角に浮かんだ祈りとも違う陰影

南北を貫く子午線に星座はまったく見えず
ざわめきもせず　たじろぎもせず
丸腰のまま素焼きの肌触りを残しながら

兵はよろよろと滅びから望みへと——

敗色濃厚な陣営に向かって　兵は歩を進め
あかのまんまの咲いているどろ路に踏み迷い[*2]
生死の放つ香りを平穏の中でたぎらせても
天地の折合いの時はとうに過ぎようとしている

＊1　舟越保武著『巨岩と花びら』「原の城」、ちくま文庫、一九九八年。舟越保武作《原の城　切支丹武士の最期》、ブロンズ、宮城県美術館、一九七一年。
＊2　西脇順三郎第二詩集『旅人かへらず』一一三、東京出版社、一九四七年。

地球

地球は丸いものだ　とわたしたちは学校で習いました　宇宙船から俯瞰してもいないのに　そのことになんの疑いもなく　反論する根拠も持ちませんでした　命を賭して教皇庁に抗《あらが》ったガリレオ・ガリレイの勇気に敬意を表します

――しかし　わたしたちは小さい時から平坦な世界地図を見過ぎました

ジェット機が高度一万メートルを水平に飛行しているのなら　そのまま　宇宙に飛び出しはしませんか　そもそも水平とは何に対してなので

しょうか　そもそもこの地上に水平などという場所は存在しないのでは
ありませんか

わたしは飛行機に乗るたびに　水平飛行の言葉にだまされて　目的地
に到着します　本当は　とっくにわたしのからだもこころも　地球の外
へと馳せ参じているというのに　錯覚は垂直に降り立っています

かぎろひの丘

一面に広がる群青色に分け入って　東の空が白み始めました　幾筋かの暁雲《あかつきぐも》が黄色く平明に棚引いて　夜明けを彩《いろど》っています　この世のあざとさとは　まったく無縁のたたずまいです

まだ薄暗い東の草原《そうげん》から　深紅《しんく》の炎《かぎろひ》が天をめざして吹き上がってゆくかのように　天の言葉が大地をめざして降臨してくるかのように　端麗な色彩を震わせながらも　沈黙のうちに燃え盛っています

（野焼きの残り火ならば　草原のあちこちに未練ありげな人々の気

配が潜《ひそ》んでいてもいいはずですが　人肌の温もりを隠し　息を殺し
ているためにかえって　火柱は燃え盛り吹き上がっています）

四頭の馬がいます　二頭が寝そべり　二頭が跪《ひざまず》いています　一頭の馬
が　火柱の正体を見極めようとして毅然と頭をもたげ　透《す》きのないまな
ざしを天変地異に向かって差し向けています

雷鳴もなく　角笛の音《ね》もなく　地鳴りもなく　荘厳を極めようと密雲
に包まれてやってくる火の立ち居振る舞いがあるだけに　十《とお》の戒めを授
かろうとする気構えも覚悟も思惑も　まして困惑も狼狽もなく――

西に傾く月は　上弦を過ぎたばかりの十日月《とおかづき》です　やがて満月を経て
新月へ　それこそ定められた満ち欠けの虚構です　華やぎを迎えて身重《みおも》
になり　西の山陰《やまかげ》に沈み込もうとする穏やかな最果ての在りようです

「かへり見る」ことがなければ　陰ってゆく寄る辺《よるべ》なき月を惜しむ心は
生まれません　その月がどちらに傾いても　後ろを振り返る思いやりは
移ろいゆく天体の天寿を全うする喜悦ともなるのです

＊　鈴木靖将画《かぎろひの丘》、六〇・六×九一センチ、二〇〇四年、個人蔵（東《ひむがし》の野に炎《かぎろひ》の立つ見えて　かへり見すれば月傾《かたぶ》きぬ〔柿本人麻呂〕に促されて創作された）。

Ⅱ

鈴木靖将 画《かぎろひの丘》、2004年

さあ

さあ　出かけよう
さあ　困った　どうしよう
さあ　頑張るぞ
さあ　これからだ

さあ　は　はなからひらがなとして生まれ
漢字の助力を乞うこともなく
カタカナの斬り込みを柔らかく拒んで
脈絡の中で　精彩を放って来た

さあ　の意味合いはまことに不安定で
不安定であるから　柔軟な発信力を持ち
いにしえから続いてきたさわやかな響きのわりには
前後の文脈に支えられ　そして　それを支え

漢字の砦のかたくなさ
カタカナの剣《つるぎ》の尖鋭さ
ひらがなの声掛けをする明朗さ
本音の心音が聞えるようだ

さあ　を定義に囲い込むことは至難の業
文字の中に籠城する気が最初からないから
おのれを含めた他者の粋《いき》に呼びかけることができる
さあ　は　風紀を乱してでも吹き過ぎる

「す」と「く」

これは酢の物です
「酢の物」の「す」と「です」の「す」は同じひらがなを用います
その事に惑わされて　わたしたちは同じ発音だと思い込んできました

「酢の物」の「す」は　意識して　う　の母音が薄くまじり　「です」の
「す」は　ほとんど　う　を含まずに静かに行末に消え去ります

ここは倉敷から遠く離れた鎌倉です
「倉敷」の「く」と「鎌倉」の「く」は同じひらがなを用います
その事に紛らわされて　わたしたちは同じ発音だと思い込んできました

「倉敷」の「く」は　意識して　ぅ　の母音がにじんでも　「鎌倉」の「く」
は　ほとんど母音を含まずに会釈して後ろに退きます

気がつけば　わたしたちは仮名遣いに過重な責任を負わせています
「す」や「く」というひらがな表記を従わせると　その発音の自縄自縛
にうっかり絡めとられます

その発音が　行頭に来るのか　行中に来るのか　行末に来るのか
語頭に来るのか　語中に来るのか　語末に来るのか
その配置によって　母音の介入の度合いと命運が違ってきます

ささやかな「す」や「く」の声は
その多彩な機会に備えて　くすっ　と含み笑いをします

ほっ

わたしたちは　それほど意識することなく
唇をすぼめて　ほのかな安堵の溜息をつく
外気温が低ければ　それは霧状の円になる

ほっとする　ほんのり　ほかほか
ほのぼの　ほんわか　ほやほや
ほっこり　ほっそり　ほらほら

時にほとほと困り果てることもあるし

ほとぼりが冷めるまで身を隠すこともあるし
湖のほとりにはいつも　程々のさざ波が立っている

風を孕んだ帆　実りの秋を秘めた穂
微笑《ほほえみ》の備えをする頬　悪意と狂気を忍ばせる炎
色めき立つ　ほ　の字　失恋のほろ苦さ

わたしたちは　ほ　と声にするだけで　心がほぐれ
堅牢な保身の聖域からどれほど解放されたことだろう
温厚で落ち着いた　生きる程合いを学んだことだろう

蟬の音　その後

巷間ではいつのまにか「蟬の声」が「蟬の音」になった
テレビの　或るレポーターが今度はこう言った
——銃声の音が聞こえます
不思議な語感だった
おそらく話者は　銃声をひとくくりにし
切り離せない熟語として
「じゅうせい」では十分に伝わらなかったと思ったのだろう

それに輪をかけて「銃声の音」と言った

言葉が人知れず
進化か退化を続けるのは
自己保存の本能が働いたのか
人の世の口の端に乱されて流されてゆくのか
そのどちらかなのだろう

重言は徐々に言葉の自尊心と自立心を傷つける
過ちであったものがひそやかに物陰で生き延び
人の耳に心地よくなったとき
言葉の角《つの》の凄みも物騒さも矯《た》められ
なれあいの依存度を高めて腐りかけるのだろう

蟬の抜け殻

公園の片隅で見知らぬ男の子が目を輝かせながらわたしに言った、「蟬の抜け殻がいるよ」。何のためらいもなく、「いる」と言った。「蟬の抜け殻」は、「空蟬《うつせみ》」とも言うんだ、と物知り顔で言おうとして、知識のひけらかしを喉の奥に押しとどめた。

「うつせみ」の語源にはいくつかの説があるが、語源辞典に列挙されたどの説明にも、わたしは納得がいかなかった。「空」は「うつろ」とも読めるから、「うつろな蟬の蛻《もぬけ》の殻」という意味ではないのか。

「いる」と「ある」の違いは、英語や韓国語にはない。日本語では自明の理のように使われているが、そう単純ではない。バスの停留所にとまっているバスを見て、「バスがある」とは言わず、「バスがいる」と言い、車庫に入っているバスには、「バスがある」と言う。東日本大震災の石巻湾で船が津波に内陸部に揺り戻されているとき、アナウンサーは「湾に船がいる」と言った。無機質の機械でも、働き動いている物に「いる」を用いる。

「蟬の抜け殻」は湿って温かい命をつい今しがたまで身内に宿していて、その命がまだ乾燥もしていないうちに、生身が夜陰に乗じて抜け出したのに、この男の子は、置き去りにされた外形に向かって「いる」と言った、「抜け殻」自体が、命の尊厳を保管しているかのように。

そこに葛藤はなかったのか。なかったのだ。あの歯切れのよい、ためらいのない物言いの奥深くには、命への尊崇の念が正座していたに違いない。

振り漢字*

和語には「けがれる」「よごれる」という言葉や「ゆがむ」「ひずむ」
という言葉はあっても　それを忖度する文字はなかった

わたしたちの先人は　はるか昔　かの国から渡来した武張った文字の
威容さに圧倒され続けた

どの文字を　どの和語に当てはめるのか　思案し工夫したが　それぞ
れ一つ二つの文字しか見当たらなかった

「けがれる」「よごれる」には　「汚濁」「汚染」の「汚」の文字を　「ゆがむ」「ひずむ」には　「歪人」「歪曲」の「歪」の文字を当てはめた

かの国の膨大な文字に蹂躙されかかった和語は　友好と融合を求めて忍従の幾星霜を経たが　それでも彼我の間に無音の軋みを生じた

文化が産み出した格差にもめげずに　和語も自己主張を続け　「けがれる」と「よごれる」に微妙な意味合いの棲み分けをした

「けがれる」は精神へ　「よごれる」は肉体へ　水墨画の淡色に彩りがにじむような意味合いを託した

「ゆがむ」と「ひずむ」は　親しく接近し続け　明確な個性を見出せずに　狂いが生じて本来の状態を失いかけていた

「ゆがんだ顔」も「ゆがんだ性格」も　「ひずんだ顔」も「ひずんだ声」
も　表情の物理的表現ともなり　比喩的表現ともなった

かの国の文字に仮名を振ることを振り仮名と言うが　或る日本語学者
は　和語に漢字を振ることのほうが歴史の初動に近いと証言する

「裁く」と「捌く」はまったく異なる言葉と思えていたのは　かの国の
文字のなせる未必の故意で　和語では同じ言葉だったはず

「さばく」は　人間の行為について善悪や黒白《こくびゃく》の判断をする「裁判」
に　物を両分して振り分ける「魚を捌く」いなせな所作に息づいている

わたしたちの先人の選択と推敲　振り漢字こそは苦悩と喜悦に満ちて

いて　その発掘現場に調査すべき喜怒哀楽の痕跡が隠されている

＊　日本大辞典刊行会『日本国語大辞典〔縮刷版〕』（小学館、一九八一年）。「振漢字」とは、「文章中の仮名書きの語のわきに、その語の意味を明らかにするために付記する漢字」のこと。

文脈に立つ短剣符《ダガー》

新約聖書を読み進むと、節《せつ》と節の間に不意に出現する十字架らしきものに驚かされる。「凡例」を見ると、「底本に節が欠けていることを示す」とある。なぜ十字架印《じるし》になっているのか、その説明はない。削《そ》ぎ落とされた箇所ははっきりしているが、それはいつ誰によってなされたものなのか。その説明もない。

さらに調べを進めると、十字架らしきものは、正式にはダガーまたは短剣符と呼ばれ、ラテン十字架の形はしているものの、本当のところ剣《つるぎ》に見立てられているようである。十字から光の一滴がしたたり落ちるようであり、その一滴は涙にも見えるし、血にも見える。イエスへの審判とイエスの刑死が随伴する凜とした佇《たたず》まいである。

マタイによる福音書二三章一三節「律法学者たちとファリサイ派の人々、あなたがた偽善者に災いあれ。あなたがたは、人々の前で天の国を閉ざしている。自分が入らないばかりか、入ろうとする人をも入らせない」に続く一四節は欠落し、そこに短剣符が突き立っている。

一五節以下でも、律法学者たちやファリサイ派の人々への叱責が述べられているのに、その狭間で立ち往生するほどに写字生に湧き上がる義憤の情がどうにも抑えきれずに、その律義と一分《いちぶん》が乱れた。

異本の福音伝承の支流でそれを補強しようとし、それが更なる偽善者たちへの戒めとなり、厳しい裁きの言葉に及んだようである。あくまでも正統な善意による幻の一四節の出現である。ただ現代の聖書学者によって一四節は後世の付加であるとして排除された。その葬りにもっともふさわしい印《しるし》は何か。自他の憤りを認めつつ鎮めること、かつ剣形《つるぎがた》の十字架がもっとも含みのある凄みを放つはずであること。かくして十字架は、文脈のゴルゴタに立ったのである。

＊　聖書の引用は、『聖書　聖書協会共同訳』（日本聖書協会、二〇一八年）に拠った。

＊　ダガー（†）は、剣を形象化する欧文の符号活字の一つ。邦訳は短剣符や剣印。もともとは、カトリック教会の典礼書において聖歌の楽譜中の小休止を示す記号に由来する。現在では脚注の存在を示すために用いられることが多い。また、剣が十字架のようにも見えることから、それをキリスト教圏での墓と見立て、人名や日付の後ろに置いて、死亡した人の没年を表わしたりすることもある。

難色と敗色

難色とはどのような色なのでしょうか
どっちつかずの曖昧な色なのでしょうか

顔をさりげなく歪《ゆが》めた振りをして　苦悶を表情の裏に隠す
気難しいこの色は絵の具の表示にもなく実物にもありません

賛成ができないという意志表示は三原色を用いても
ぴったりした色を選ぶことは叶《かな》わないでしょう

敗色とはどのような色なのでしょうか
中途半端で惨めったらしい色なのでしょうか

勝負が明らかになりかけていて
黄昏色《たそがれ》が自分の内外をゆっくりと覆い始めていることでしょうか

その色はわたしたちに先験的に与えられている
すなわち与り《あずか》知らぬ原初から培ってきた趣なのです

もしわたしが選ぶとしたら
限りなく暗黒に近い灰色なのでしょうか

カラーチャートを丹念に見ても
難色と敗色にふさわしい色を拾い上げることができません

灰汁《あく》色　青墨《あおずみ》色　青鈍《あおにび》色　どれも意に沿わないような
それでいてどれも意を体するように思えて　わたしは色を失いかけます

あとがき

私には、かつて人名辞典の編集実務に携わった経験がある。外国の辞典を底本に据えることもあったことから、当然「凡例」に未見の珍しい記号を見出すことも稀ではなかった。その中に、没年月日のみが判明している人物に、十字架らしい象形符が立っていたのである。しかしよく調べてみると、それは十字架ではなく、短剣が刃先を地に向けて孤独に立っている姿であることが分かったのである。それが日本語では短剣符、英語ではダガー（dagger）と呼ばれる象徴的な符号であった。

次に出会った短剣符の現場は、新約聖書の福音書である。一九八七年に発行された『聖書　新共同訳』（日本聖書協会発行）においてである。その「凡例」の4に、短剣符とは名乗らずに、この符号がぽつんと印刷され、「底本に節が欠けていることを示す」と説明されていたが、そのものの説明はなかった。これが私と短剣符との二度日の出会いである。

私はこの短剣符に、多彩な比喩性や象徴性を読み取った。書名の由来である。

ここ数年書き継いできた詩を返り見ると、「物語詩」に私の多大な関心が傾斜していることに気づいた。「物語詩」の領域には、「ルポルタージュ詩」も含まれることであろう。この間、私は数多くの病に見舞われた。「見舞われた」と言えば、外部から訪問客がやって来て安否を問われたような印象を受けるが、十中八九、私の内部にその病根はあった。それぞれの病には部位の名前が付いていて、不思議なことにそれは人格性すら帯びていたのである。

扉裏に掲げたエピグラフは、スウェーデンの政治家、法学者、経済学者であり、第二代の国連事務総長を務めたダグ・ハマーショルドの心の日記『道しるべ』（鵜飼信成訳、みすず書房、一九九九年）から引用した。彼は豊かな感性に恵まれた詩人でもあることを知った。このエピグラフは、旧約聖書創世記の第一章を連想させて、新鮮な気持ちを与えられる。もしかしたら、この世界には朝ごとに真新しい短剣符が立てられ続けているのではないか、そんな気づきも与えられた。

本書を二部構成にした。Ⅱ部には、前詩集『香りの舟』同様、日増しにつのる日本語への敬意を表する真情吐露がある。

今回も、土曜美術社出版販売の社主・高木祐子さんに編集・出版の労をとっていただいた。また装幀を長尾優さんにお願いした。お二人に心から感謝を申し上げたい。

二〇二三年五月十一日

著　者

著者略歴

柴崎　聰（しばさき・さとし）

1943年、仙台市に生まれる。1967−2008年、編集者として活動。現在、大学講師。日本現代詩人会会員、日本詩人クラブ会員、日本キリスト教詩人会会員。

詩集『伏流の石』『溺れ滝』『裸形の耳』『エマオの夜』『フクロウは昔ネコだった』（以上、花神社）、『敦煌の風』（石文館）、『悲しみの岩』『テッセンの夏』『新・日本現代詩文庫10 柴崎聰詩集』『不思議な時間だった』『涙半分』『火の言葉』『香りの舟』（以上、土曜美術社出版販売）
評論『詩の喜び 詩の悲しみ』『文学の比喩 聖書の比喩』『石原吉郎 詩文学の核心』『詩人は聖書をどのように表現したか』（以上、新教出版社）
編集・解説『石原吉郎セレクション』（岩波書店）

詩集　文脈《ぶんみゃく》に立《た》つ短剣符《ダガー》

発行　二〇二三年八月七日

著者　柴崎　聰
装幀　長尾　優
発行者　高木祐子
発行所　土曜美術社出版販売
〒162−0813　東京都新宿区東五軒町三―一〇
電話　〇三―五二二九―〇七三〇
FAX　〇三―五二二九―〇七三二
振替　〇〇一六〇―九―七五六九〇九
印刷・製本　モリモト印刷

ISBN978-4-8120-2789-9　C0092